Analyse de l'œuvre

Par Catherine Bourguignon
et Apolline Boulanger

Les écureuils de Central Park sont tristes le lundi

de Katherine Pancol

lePetitLittéraire.fr

Rendez-vous sur lepetitlitteraire.fr et découvrez :

Plus de 1200 analyses
Claires et synthétiques
Téléchargeables en 30 secondes
À imprimer chez soi

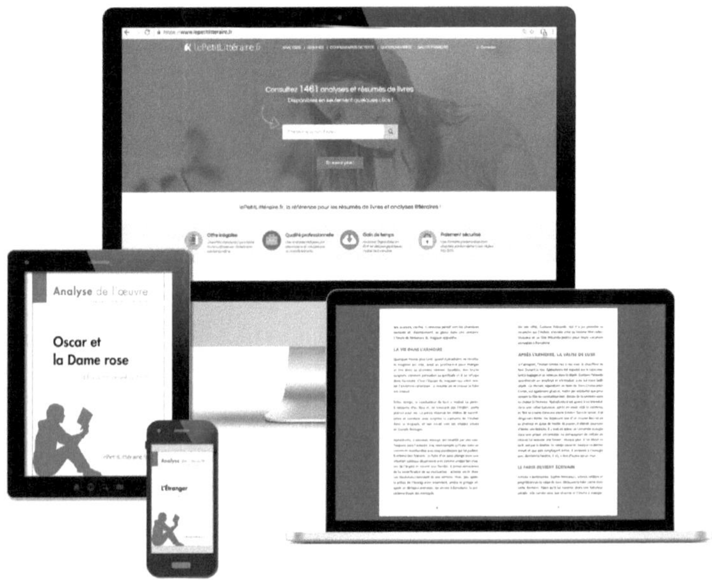

KATHERINE PANCOL

ROMANCIÈRE FRANÇAISE

- **Née en 1954 à Casablanca (Maroc)**
- **Quelques-unes de ses œuvres :**
  - *Les Yeux jaunes des crocodiles* (2006), roman
  - *La Valse lente des tortues* (2008), roman
  - *Muchachas* (2014), trilogie romanesque

Née au Maroc en 1954, Katherine Pancol arrive en France à l'âge de cinq ans. Après avoir été professeure de lettres, elle devient journaliste, puis rencontre un éditeur qui lui demande d'écrire un roman : elle publie *Moi d'abord* en 1979. L'année suivante, elle se rend à New York pour suivre des cours de *creative working* à l'université de Columbia. Elle y écrit trois romans, avant de revenir en France, où elle se consacre depuis uniquement à l'écriture.

Elle a publié quatorze romans. Trois de ses livres forment une trilogie qui a remporté un immense succès : *Les Yeux jaunes des crocodiles* (prix Maison de la Presse en 2006), *La Valse lente des tortues* et *Les écureuils de Central Park sont tristes le lundi.*

Sa trilogie suivante, *Muchachas*, reprend en partie la même galerie de personnages.

LES ÉCUREUILS DE CENTRAL PARK SONT TRISTES LE LUNDI

DES VIES MOUVEMENTÉES

- **Genre :** roman
- **Édition de référence :** *Les écureuils de Central Park sont tristes le lundi*, Paris, Albin Michel, 2010, 852 p.
- **1ʳᵉ édition :** 2010
- **Thématiques :** quête de soi, famille, amour, retrouvailles

Troisième opus paru en 2010 de la série à succès de Katherine Pancol, *Les écureuils de Central Park sont tristes le lundi* nous fait à nouveau entrer pleinement dans la vie intérieure et sociale de ses personnages : Joséphine découvre ses forces, Gary cherche son père, Philippe inaugure une nouvelle vie, Shirley apprend à aimer, Hortense commence à changer et fait ses débuts dans le monde de la mode tandis que la petite Zoé s'épanouit. Tous sont à la recherche de leur place dans la vie et doivent apprendre à aimer.

RÉSUMÉ

DES ÂMES EN PEINE

Le lecteur retrouve Hortense, la fille ainée de Joséphine, à une soirée au cours de laquelle elle aperçoit son ami Gary, fils unique de Shirley, au bras d'une fille. Elle a du mal à l'accepter, nourrissant depuis peu des sentiments pour lui qu'elle refuse d'admettre, mais Gary l'embrasse à la fin de la soirée. Sur le chemin du retour, alors qu'ils marchent main dans la main, Gary est tout à coup découragé par le discours d'Hortense qui clame haut et fort qu'elle se refuse à toute émotion. Gary la laisse rentrer seule ce qui blesse Hortense.

Alors qu'un concours est lancé pour l'obtention de deux vitrines chez Harrods, dans lesquelles un jeune styliste pourra exposer ses premiers modèles, Hortense joue de son charme pour remettre un dossier alors que la date limite est dépassée. Elle est persuadée qu'elle sera choisie.

Joséphine, enseignante et chercheuse au C.N.R.S., se remet difficilement du décès de sa sœur et voudrait oublier Philippe, le mari de cette dernière avec qui elle a eu une aventure dans le tome précédent. Elle présente son HDR (habilitation à diriger des recherches) et est reçue avec les félicitations du jury. Cependant, le milieu universitaire n'ayant pas aimé le fait qu'elle écrive un ouvrage de fiction, elle n'obtient aucune promotion. Vu le succès rencontré par son précédent ouvrage, son éditeur lui demande d'écrire un deuxième roman. Ragaillardie, elle décide de se rendre à Londres où Shirley s'est installée. Celle-ci l'emmène à un concert et s'arrange pour qu'elle y croise Philippe. Ils s'embrassent dans un coin du théâtre pendant le spectacle.

Philippe s'est retiré du monde des affaires et est devenu collectionneur d'œuvres d'art à Londres. Alexandre, son fils, ne lui parle plus beaucoup depuis la mort d'Iris : il a l'impression de ne rien ressentir. Mais peu à peu, le jeune garçon se met à discuter avec une sans-abri, Becca. Il se rapproche d'elle et finit par en parler à son père. Celui-ci accepte de l'accueillir chez eux. Au même moment, Dottie, une amie de Philippe, appelle ce dernier : elle s'est fait licencier et a été agressée dans la rue. Ils l'accueillent également chez eux. La vie à quatre s'organise peu à peu. Malheureusement, lorsque Joséphine téléphone à Philippe, elle tombe sur Dottie.

Shirley, la meilleure amie de Joséphine, rencontre un homme : Oliver Boone, un grand pianiste. Gary, son fils, veut étudier la musique. Shirley se rend compte qu'il grandit et qu'elle doit le laisser s'éloigner. Il voudrait rencontrer son père : Shirley lui raconte alors son histoire d'amour avec Duncan McCallum.

DÉCOUVERTES

Dans la nuit du 21 décembre, Joséphine fouille les poubelles de son immeuble car sa plus jeune fille, Zoé, encore au lycée, a perdu son précieux carnet de recettes. Elle y trouve le journal intime d'un homme relatant l'histoire d'une amitié amoureuse entre un jeune garçon français et une star de cinéma, Cary Grant (acteur anglo-américain, 1904-1986). Elle décide de se servir de ce document pour écrire son livre et finit par découvrir l'identité de l'auteur du journal :

M. Boisson, un voisin de l'immeuble. Elle se rend, peu de temps plus tard, chez lui afin de lui demander si elle peut écrire un roman à partir de son histoire et s'il peut l'aider en lui en racontant davantage. Un peu surpris, il finit par accepter.

Tout le monde se retrouve pour Noël : Hortense, Zoé, Joséphine, Shirley et Gary. Gary et Hortense ne se sont plus revus depuis leur dispute. Les jours suivants, ils arpentent les rues de Paris ensemble : Hortense cherche de l'inspiration pour ses vitrines. C'est finalement Junior, le fils surdoué de Josiane et Marcel, âgé de 2 ans, qui lui donne une idée en attirant son attention sur les détails des immeubles : dans la première vitrine, elle mettra une tenue morne, tandis que la deuxième vitrine présentera la même tenue mais avec des détails qui feront toute la différence. Hortense finit par remporter le concours, avec l'aide de Nicholas, ami qu'elle a rencontré dans *La Valse lente des tortues* et qui travaille également dans le milieu de la mode. Elle se rend donc à Londres, abandonnant Gary, avec qui elle se dispute alors qu'ils venaient de passer leur première nuit ensemble. Lors de l'inauguration des vitrines, le succès est total. À la fin de l'inauguration, Gary vient la féliciter, et les amants rentrent tous les deux chez le jeune homme.

Par hasard, Shirley voit une photo d'Oliver Boone sur l'appareil photo de Gary. Elle comprend qu'il est le professeur de piano de son fils. Elle est désespérée car cet homme est presque un père pour Gary. Elle décide donc de ne plus le voir, mais son attirance est trop forte : elle finit tout de même par retomber dans ses bras. Un matin, Gary la surprend au lit avec son professeur de piano. Sous le choc et en colère, il décide de partir pour New York. Il laisse un message vocal à Hortense pour qu'elle le rejoigne à l'aéroport et qu'elle parte avec lui. Mais Jean, un colocataire d'Hortense qui la déteste, efface ses messages.

Deux mois passent. Hortense ne comprend pas pourquoi Gary l'a abandonnée sans explication. De son côté, celui-ci a été admis à la Juilliard School, une école de musique et d'arts new-yorkaise extrêmement réputée. Par hasard, croyant qu'elle est au courant, Joséphine apprend à Hortense le départ de Gary aux États-Unis.

Quant à Junior, il est surdoué à seulement deux ans. Il sait déjà lire et est curieux de tout : des sciences, de la philosophie ainsi que des langues. Josiane est désespérée, car il n'a pas vraiment besoin d'elle. Elle s'ennuie et voudrait retourner travailler dans l'entreprise de Marcel. Aussi Junior le soutient-il à trouver des idées pour aider Marcel à résoudre les problèmes de l'entreprise. Ils comprennent en effet que Chaval est en train d'ourdir un complot contre lui avec Henriette. L'ex-épouse de Marcel, envieuse de sa richesse et rancunière de son divorce, demande en effet l'aide de Chaval pour réaliser son plan. Elle cherche à obtenir par Denise Trompet, l'assistante comptable de Marcel que Chaval a pour mission de séduire, des données confidentielles afin de détourner l'argent du directeur et de l'entreprise, supprimant ainsi à la famille Grobz toute sa fortune. Avec l'aide d'Hortense, Josiane et Junior parviennent à déjouer leur plan.

LES ÉCUREUILS DE CENTRAL PARK

Shirley, fille illégitime de la reine d'Angleterre, reçoit, par sa tante, une lettre que son père désormais décédé lui avait écrite, mais qu'il ne lui avait jamais envoyée. Des souvenirs lui reviennent. Elle se rend compte qu'elle souffrait du fait que son père était chambellan et qu'il devait s'incliner devant la reine. Petite, elle était toujours en colère : « Elle avait pris en horreur la tendresse, la gentillesse, elle les avait assimilés à de la couardise. » (p. 670) Elle comprend petit à petit qu'il ne sert à rien de vouloir venger son père éconduit par la reine, et qu'elle doit tout simplement accepter d'aimer. Après une pause de dix jours avec Oliver, ils se retrouvent.

De son côté, Joséphine se rend à Londres pour retrouver Philippe. Elle se sent enfin en paix, et ils peuvent vivre leur amour.

Au détour d'une soirée, Hortense rencontre un responsable de la marque de vêtements Banana Republic qui, frappé par son style, lui propose un contrat de deux mois à New York. Hortense part donc aux États-Unis. Un mois après son arrivée, elle ose enfin aller voir Gary, après avoir pris connaissance par Junior du message qu'elle n'avait pas eu. Sachant qu'il se promène souvent dans Central Park pour voir les écureuils, Hortense s'y rend également : ils se retrouvent.

ÉTUDE DES PERSONNAGES

JOSÉPHINE

Joséphine, personnage timide et peu sûre d'elle dans les deux volumes précédents, gagne ici en confiance. Âgée d'une quarantaine d'années, elle doit faire face au décès de sa sœur survenu au terme de *La Valse lente des tortues*, alors qu'elle entamait une histoire d'amour avec Philippe, le mari de cette dernière (alors sur le point de finaliser son divorce avec elle). Ce tournant tragique interrompt leur romance de manière brutale et emplit de remords Joséphine vis-à-vis de sa sœur.

On retrouve dans ce livre l'épisode traumatisant qu'a vécu Joséphine pendant son enfance, déjà évoqué dans le premier tome de la saga. Alors qu'elle se baignait avec sa mère Henriette et sa sœur Iris dans la mer, une tempête a agité dangereusement les flots. Préférant Iris à sa plus jeune fille et ne pouvant sauver que l'une d'entre elles, Henriette laisse Joséphine seule et parvient à regagner la rive. Craignant pour sa propre vie, sa mère l'abandonne, refusant de retourner dans l'eau. C'est en écoutant la voix de son père, resté sur la plage car il ne sait pas nager, que Joséphine trouve le courage de se battre et de regagner la rive.

En se remémorant ce souvenir, Joséphine réalise qu'elle a de la force en elle. Dès lors, elle se détache peu à peu de l'image de sa sœur, beaucoup plus sûre d'elle, à laquelle elle ne pouvait s'empêcher de se comparer.

Cette prise de conscience lui permet de regagner confiance en elle et de réaliser ses projets : elle parvient à démarrer le nouveau roman que lui commande son éditeur, à s'imposer parmi son entourage, à prendre du temps pour elle, et surtout, trouve le courage de retrouver Philippe à Londres pour lui avouer son amour.

HORTENSE

Hortense est la fille ainée de Joséphine. Elle devient, avec Gary, l'une des figures centrales du roman, sur le point d'accomplir son destin. En effet, en passe de terminer ses études de mode à Londres dans une école réputée, elle est prête à tout pour réussir dans ce milieu où argent et apparences ont une grande importance. Ne s'autorisant aucun échec et ne supportant pas la pauvreté, elle triche, ment et vole pour se forger une identité forte et parvenir à ses fins. Elle travaille également très dur sans s'accorder le moindre répit jusqu'à ce que son but soit atteint. Afin de se distinguer dans le milieu professionnel de la mode, elle va parfois jusqu'à jeuner plusieurs jours pour économiser et s'offrir des pièces de haute couture.

Toutefois, son désir de faire carrière dans ce milieu difficile et prenant est à double tranchant : elle doit choisir entre réussite professionnelle et amour. En effet, ce livre est aussi celui dans lequel Hortense prend conscience de ses sentiments pour Gary. Mais cette prise de conscience est d'abord étouffée lorsqu'elle déclare : « Personne ne me fera souffrir. Jamais un homme ne me verra pleurer. Je refuse le chagrin, [...], le doute, la jalousie, l'attente qui ronge, les yeux bouffis [...] de l'amoureuse dévorée par le soupçon, l'abandon » (Le livre de Poche, p. 32), et refuse de tomber amoureuse. Cependant, même si ses sentiments pour Gary sont vraiment forts, elle choisit son travail malgré tout. Une fois son but atteint (elle est employée par un styliste américain à New York), elle retrouve l'homme qu'elle aime auprès des écureuils de Central Park, un lundi, et lui avoue ses sentiments.

Elle incarne également une figure de femme fatale, faisant tourner la tête de tous les hommes (Chaval ne s'est jamais remis de leur rupture et elle montre dans ce livre qu'elle est encore capable de le manipuler à sa guise).

Enfin, c'est un personnage qui sauve souvent son entourage de situations difficiles : elle aide Josiane et Marcel à déjouer les plans de Chaval et Henriette.

Elle est donc à la fois ambitieuse, égoïste et opportuniste mais reste droite. Dans ce tome, elle apprend à soutenir les autres et à aimer. Bien qu'elle soit l'opposée de Joséphine, les deux femmes se retrouvent : Hortense apprend à écouter ses sentiments et ceux des autres, tandis que Joséphine apprend à considérer les choses selon son point de vue et non plus en tenant compte des pensées et sentiments de ceux qui l'entourent, gagnant ainsi confiance en elle.

ZOÉ

Zoé, plus discrète et timide que sa sœur ainée Hortense, est la plus jeune fille de Joséphine. Âgée d'environ 17 ans, elle commence à s'affirmer, s'épanouissant auprès de son petit ami Gaétan, qu'elle soutient beaucoup malgré la distance qui les sépare (son père a participé à l'assassinat d'Iris dans le tome précédent et sa famille connait donc de gros clivages, contraignant Gaétan et sa sœur à partir vivre à la campagne, chez leurs grands-parents). Très créative, elle retranscrit ses recettes de cuisines et ses pensées dans un petit carnet noir. La perte de ce dernier entrainera la découverte du journal du Petit Jeune Homme par Joséphine, les deux objets ayant le même aspect. Si Zoé devient une jeune femme dans ce roman, elle reste pour autant très attachée à sa mère avec laquelle elle est très proche et dont elle reste dépendante.

LE PETIT JEUNE HOMME

Le « Petit Jeune Homme » est le propriétaire d'un carnet noir qui lui servait de journal intime dans les années soixante. Il y relate ses pensées et son quotidien alors qu'il rencontre une star de cinéma pour qui il a beaucoup d'admiration et de sentiments. Leur histoire est ambigüe : il devient le confident de Cary Grant qui a du mal à faire accepter à son entourage son homosexualité. Joséphine, qui trouve le carnet par hasard en cherchant celui de sa fille, décide qu'il sera le personnage de son prochain roman et cherche à connaitre son identité afin d'en savoir plus. Il s'agit de M. Boisson, logeant avec sa femme dans le même immeuble qu'elle. Très malade, il est sur le point de rendre son dernier souffle. D'abord réticent, il finit par relater les éléments manquants de son histoire à Joséphine.

HENRIETTE

Henriette, la mère de Joséphine, est très orgueilleuse : elle ne veut toujours pas accepter que son mari l'ait quittée en lui ôtant le confort financier que leur union lui procurait (bien qu'il continue tout de même à lui verser une confortable pension). Vénale et profondément méchante, elle veut à tout prix faire du mal à Marcel. Dans ce troisième opus, elle retrouve Bruno Chaval, un ancien employé de Marcel, et l'utilise pour mettre au point un complot contre son ex-mari. Elle se retrouve seule et sans argent à la fin du roman, Marcel lui ayant retiré, à la découverte de son complot, l'appartement et la pension qu'il lui versait.

PHILIPPE

Philippe, âgé d'une quarantaine d'années, était le mari d'Iris. Dans le deuxième tome, on le voit se rapprocher de Joséphine dont il tombe amoureux. À la suite de la mort d'Iris, leur histoire est mise de côté, mais trouve un nouveau souffle au terme de ce dernier opus. Autrefois très investi dans le monde des affaires, il vit aujourd'hui de façon plus libre, collectionne les œuvres d'art et consacre tout son temps à son fils. Il s'ouvre de plus en plus au fil du roman : il accueille l'amie sans-abri d'Alexandre et vend des œuvres d'art à son profit pour lui permettre de créer un centre d'accueil pour les femmes de la rue.

ALEXANDRE

Alexandre est le fils de Philippe. Taciturne et solitaire depuis le décès de sa mère, il ne parle qu'avec Becca, une sans-abri qu'il a rencontrée sur le chemin de l'école. Peu à peu, il renoue le dialogue avec son père. Du même âge que Zoé, il vit lui aussi les premiers émois de l'adolescence.

BECCA

Becca, dont on peut supposer qu'elle a entre ue l'âge se situe entre quarante et cinquante ans, est une sans-abri qui passe ses journées à mendier dans un parc de Londres, où elle fait la connaissance d'Alexandre, en deuil de sa mère. Le garçon lui offre quelques pièces et, interpelé par le regard de la femme qui est du même bleu profond que celui de sa défunte mère, commence à nouer des liens avec elle, l'assimilant à une figure maternelle (elle l'appelle « My luv ») à laquelle il peut se confier. Il finira par lui proposer de venir vivre avec son père, Dottie et lui, afin qu'elle puisse avoir un toit. À la fin du roman, Becca parvient à fonder une association pour sans-abris, soutenue par Alexandre et son père Philippe.

DOTTIE

Dottie, jeune femme d'à peine 30 ans, est vue par Philippe comme son amie tandis qu'elle nourrit un véritable amour pour lui à la suite de l'histoire qu'ils ont vécue durant le tome précédent. Quand elle s'installe chez lui, alors qu'elle n'a nulle part où aller, elle croit qu'il va oublier Joséphine et qu'elle va pouvoir prendre sa place. Lucide, elle se rend pourtant compte peu à peu qu'il n'en est rien, que sa place n'est pas là et qu'il vaut mieux qu'elle parte.

MARCEL ET JOSIANE GROBZ

Ex-époux d'Henriette à qui il n'a laissé qu'un logement et une pension, Marcel Grobz est le beau-père de Joséphine. Imposant et puissant, ce personnage connait ici ses premières limites : à 69 ans, il ne se sent plus capable de diriger seul son entreprise, trop fatigué pour les nombreux déplacements à l'étranger que son travail implique. À plusieurs reprises, il manque de faire une crise cardiaque, sans que cela ne lui soit fatal.

Josiane, âgée d'une trentaine d'années, est la femme de Marcel avec qui elle a eu un fils : Junior. Franche et impulsive dans les tomes précédents, elle est en plein doute dans celui-ci :

- son fils surdoué et assoiffé de connaissances ne supporte pas d'être traité comme un enfant et la prive du plaisir de l'élever ou de lui apprendre ses premiers mots ;
- elle se lasse de son quotidien et tente désespérément de regagner une place au sein de l'entreprise.

Josiane et son fils, accompagnés d'Hortense, démasqueront les plans d'Henriette et de Chaval.

JUNIOR

Junior est le fils de Marcel et Josiane. Incroyablement surdoué pour un garçon d'à peine 2 ans, il cherche à accroitre son savoir et à acquérir en permanence de nouvelles connaissances, maitrisant déjà deux langues : le latin et l'anglais. Ses qualités surnaturelles, dont il se sert pour faire le bien, en font presque un être divin (il est capable de lire dans les esprits et voir les pensées les plus secrètes de chaque individu) mais aussi un être comique : même s'il est extrêmement mature, son physique reste celui d'un enfant de son âge, très colérique dont le teint devient aussi vif que ses cheveux roux lorsqu'il pique une colère.

Fervent admirateur d'Hortense qu'il regrette de ne pouvoir séduire pour le moment, c'est lui qui conseille à la jeune femme d'avouer ses sentiments à Gary.

CHAVAL

Chaval apparait pour la première fois dans *Les Yeux jaunes des crocodiles*. Homme viril, séducteur, manipulateur et cupide, il vit toujours chez sa mère. Il est présenté ici comme un homme brisé par Hortense qui s'est servie de lui par le passé. Il aide Henriette dans sa vengeance contre son ex-époux Marcel en séduisant Denise Trompet, clé de la réussite du plan. Toutefois, celui-ci échoue et, perdant sa mère de manière soudaine et tragique, il part vivre avec Denise Trompet, en qui il trouve une amante et un substitut maternel.

DENISE TROMPET

Denise Trompet, surnommée « La Trompette » en raison de l'homophonie entre son nom et celui de l'instrument, est l'une des employées les plus fidèles de Marcel Grobz. Elle est chargée des comptes et documents confidentiels du directeur, détenant la clé du coffre où ils sont rangés. À 50 ans, elle n'a jamais connu l'amour et le vit par procuration en lisant des romans sentimentaux. Subjuguée par Chaval, elle parvient enfin à ses fins, non sans s'être fait manipuler par ce dernier, qui cherchait à obtenir des informations confidentielles sur Marcel Grobz qu'elle était la seule à connaitre. Elle poursuivra sa vie aux côtés de Chaval, le recueillant après la mort de sa mère.

SHIRLEY

Âgée de 41 ans, Shirley est l'amie de Joséphine. Par le passé, sa vie sentimentale a été un peu compliquée : quand elle rencontre Oliver dans ce troisième tome, elle est séduite par son regard doux et calme. Mais elle qui recherchait toujours des amours tempétueuses devra encore comprendre certaines choses avant de pouvoir l'aimer sereinement.

Dans ce roman, la relation entre Shirley et Gary est également à un tournant décisif. Ayant toujours vécu à deux, la mère et le fils ont une relation presque fusionnelle. Or, devenu adulte, Gary doit vivre sa vie : il veut faire la connaissance de son père, veut étudier la musique et ne demande pas vraiment l'avis de sa mère à propos de ses décisions. Shirley éprouve quelques difficultés à s'adapter à cette nouvelle façon de vivre leur relation. Quand Gary la surprend au lit avec son professeur de piano, c'est la rupture. Il leur faudra du temps pour se retrouver.

GARY

Gary est le fils de Shirley et connait, comme bon nombre des personnages, une grande crise identitaire dans ce roman. Passionné par Glenn Gould (pianiste canadien, 1932-1982), il rêve de devenir un jour pianiste à son tour. Dans ce dernier tome de la trilogie, il part à la recherche de ses origines et de son destin. Sa mère Shirley, fille illégitime de la reine d'Angleterre, lui révèle l'identité de son père, héritier d'une lignée de châtelains en Écosse. Quand Gary le rencontre, il est bouleversé : son père est un alcoolique aigre et lunatique qui refuse de le reconnaitre comme son fils. Quand il se rend chez sa mère pour lui confier sa découverte, il la surprend avec son professeur de piano, incarnant pour lui une figure paternelle ; il se sent alors abandonné. Rien ne le retient plus en Europe : il part pour New York afin de faire des études de musique à Julliard, université américaine réputée dans ce milieu.

Amoureux d'Hortense depuis le premier tome de la saga, c'est dans cet ultime volume que les deux amis deviennent amants et s'avouent leurs sentiments.

CLÉS DE LECTURE

LA SYMBOLIQUE DES ANIMAUX
DANS LES TITRES DE LA TRILOGIE

Les trois romans de la trilogie possèdent des titres faisant allusion aux animaux : on y retrouve des crocodiles, des tortues et des écureuils. Chaque tome, s'il traite plusieurs intrigues et mêle les histoires de différents personnages, est centré sur un ou deux éléments faisant écho au titre :

- ***Les Yeux jaunes des crocodiles*** fait référence à la peur des crocodiles d'Antoine Cortès alors qu'il dirige un élevage de ces reptiles en Afrique et que l'affaire fonctionne mal. Son angoisse finira par le dévorer au sens propre comme au figuré : il sombre en effet progressivement dans l'alcool et provoque sa mort lorsqu'un soir, alors qu'il est ivre, il pénètre dans le bassin des crocodiles. Cet évènement ne sera pas sans impact pour la vie de Joséphine et ses filles ;
- ***La Valse lente des tortues*** désigne l'histoire d'amour tournant sur place qui lie Joséphine et Philippe. De manière plus directe, elle fait référence au meurtre d'Iris, la sœur ainée de Joséphine mariée à Philippe, qui, après avoir valsé avec son assassin en pleine nature, et poignardée par ce dernier. Elle est ensuite allongée sur le sol, placée au centre d'un cercle formé de petites tortures. La valse correspond à un triangle amoureux formé par Joséphine Philippe et Iris, dont les trois temps rythment le récit ;
- ***Les écureuils de Central Park sont tristes le lundi*** désigne enfin les animaux vivant dans le célèbre parc new-yorkais. Très populaires et prisés des touristes le

weekend, les écureuils s'y retrouvent seuls le lundi. Ce titre a sans doute été choisi parce qu'Hortense retrouve Gary à Central Park un lundi, alors qu'il est venu tenir compagnie aux rongeurs. Cet épisode marquera le point final du roman.

Au fil des tomes, on assiste à une évolution dans l'intrigue principale du récit qui se détache peu à peu de Joséphine pour se concentrer, dans cet opus, à sa fille ainée. Cette thématique des écureuils, annoncée tôt dans le récit, permet au lecteur d'identifier les personnages dont l'évolution dominera le récit. Elle apparait dès le début du roman, par une question posée par Gary à Hortense : « Je me demande toujours ce que font les écureuils la nuit. » (Le Livre de Poche, p. 31) Après de très brèves apparitions, elle refait surface dans l'ultime partie du récit, lorsque Gary découvre Central Park à New York, donnant ainsi un sens au titre : les écureuils sont tristes le lundi car après l'affluence touristique du weekend, ils n'ont plus personne pour leur tenir compagnie. C'est auprès de ces mêmes écureuils que s'achève le roman : Hortense retrouve Gary à Central Park, un lundi, et ce dernier délaisse les rongeurs pour vivre son amour avec la jeune femme. Le titre est donc placé du côté de la jeunesse, et plus précisément de la vie : sa signification n'est plus tragique mais annonce plutôt une conclusion positive du roman, le renouvèlement d'une génération.

UN ROMAN MOSAÏQUE

Un roman rythmé par la multiplicité des personnages et des intrigues

Reprenant une construction similaire aux deux premiers tomes de la trilogie, Katherine Pancol articule son histoire autour de plusieurs personnages, permettant au lecteur de se glisser dans une multitude de perspectives. Le lecteur reste un certain temps auprès d'Hortense pour ensuite retrouver Gary, Alexandre, Philippe, Shirley, Joséphine, Zoé ou encore Josiane dans un ordre très variable. Cette construction donne à la narration une certaine polyphonie : chaque personnage a un impact sur la manière dont est narrée l'histoire, changeant radicalement le champ lexical. Les séquences concernant Hortense sont, par exemple, souvent composées de phrases très segmentées et dynamiques, proche des pensées du personnage, tandis que la narration a bien lieu à la troisième personne du singulier : « Elle aime aller droit au but. On gagne du temps en allant droit au but. Et puis, elle n'a rien à dire à tout le monde. » (*ibid.*, p. 349) Les passages concernant Marcel ou Josiane sont narrés dans un registre plus familier et populaire : « La vie lui avait offert le phénix des femmes, sa moitié d'orange [...]. Il oubliait tout quand il tenait sa Choupette entre les bras. » (*ibid.*, p. 476-477) Cette pluralité des modes énonciatifs laisse apparaitre une véritable polyphonie, influençant la narration même : les expressions utilisées par les personnages viennent s'y glisser.

Enfin, les personnages sont tous reliés à un nombre variable d'intrigues :

- **Hortense et Gary.** Il s'agit de découvrir s'ils vont réussir dans leur passion (mode et musique), dans leur quête identitaire et s'ils parviendront à s'avouer leurs sentiments ;
- **Joséphine et Philippe.** Il s'agit également de savoir s'ils vont parvenir à faire le deuil d'Iris et à s'aimer ;
- **Junior, Josiane, Marcel, Hortense, Henriette, Chaval et Denise Trompet.** Ces personnages sont tous reliés au détournement de fonds que souhaite faire Henriette dans l'entreprise de son ancien mari ;
- **Shirley**. Le lecteur se demande si elle parviendra à se détacher de son fils pour vivre sa propre vie.

Le roman comporte donc plusieurs intrigues et met le lecteur dans la confidence en lui permettant d'avoir un regard sur la situation d'après des perspectives différentes.

Une fresque de la France contemporaine

Selon l'auteure il faut observer la réalité – en particulier les personnes qui lui appartiennent – pour découvrir les fondements d'une histoire, à savoir les personnages. Aussi, comme Joséphine qui s'inspire des gens qu'elle observe et du carnet du Petit Jeune Homme pour faire démarrer son prochain roman, Katherine Pancol puise son inspiration dans le monde qui lui est contemporain, livrant à travers son récit une fresque des personnages types de la France contemporaine plus ou moins romancés. On constate en effet qu'ils viennent ou vivent dans des milieux différents, ont leur conscience propre et sont issus de générations variées.

L'ÉCRITURE D'UN ROMAN

À travers Joséphine qui écrit, l'auteure livre la façon dont elle-même s'y prend pour rédiger ses propres livres, offrant au lecteur une réelle mise en abyme de l'écriture.

Dans *Les écureuils de Central Park sont tristes le lundi*, lorsque Joséphine écrit son deuxième roman, elle explique qu'elle dédie un cahier aux personnages et un autre aux généralités. Comme son histoire est liée à l'histoire de l'acteur anglo-américain Cary Grant, elle achète tous les livres qui parlent de lui et étudie son histoire. Avant de se mettre réellement à écrire, elle prépare tout, habille les personnages, dresse le décor. À son éditeur qui lui demande quand elle va se mettre à rédiger, Joséphine répond : « Ce n'est pas moi qui décide, ce sont les personnages. » (*ibid.*, p. 785) Pancol, comme elle le dévoile dans plusieurs interviews, agit de la même manière pour construire son roman : elle se fonde sur la construction des personnages, de leur personnalité et de leurs possibles actions et réactions.

UN ROMAN D'APPRENTISSAGE

Comment faire pour trouver sa place dans la vie ? Voilà la grande question qui taraude les personnages de Katherine Pancol. Ses récits sont donc en quelque sorte des romans d'apprentissage.

Tout au long de la saga, c'est plus particulièrement la recherche du bonheur et l'apprentissage de l'amour qui guident Joséphine, Philippe, Shirley, Hortense, Gary, Zoé et les autres. Ainsi, si *Les Yeux jaunes des crocodiles* s'ouvre sur l'histoire de couples qui vont mal (Joséphine et Antoine, Iris et Philippe, Marcel et Henriette), *Les écureuils de Central Park sont tristes le lundi* se referme sur des couples en plein épanouissement (Gary et Hortense, Philippe et Joséphine, Shirley et Oliver, Josiane et Marcel, Zoé et Gaétan). Il leur aura pourtant fallu du temps pour se trouver :

- Gary et Hortense se cherchent sans cesse et sont tantôt heureux, tantôt fâchés. Le roman commence sur eux et se referme de la même manière, mettant en relief l'évolution de leur relation ;
- Zoé s'interroge sur les attentes des hommes. Avec Gaétan elle découvre peu à peu l'amour et l'importance du dialogue ;
- lorsqu'elle rencontre Oliver, Shirley tombe amoureuse de lui, mais elle aura tout un chemin à faire avant de l'aimer sereinement ;
- Joséphine, quant à elle, se demande constamment où est sa place entre Iris et Philippe ;
- Philippe se pose les mêmes questions que Joséphine.

LE ROMAN D'APPRENTISSAGE

Le roman d'apprentissage ou roman initiatique est apparu au XVIIIᵉ siècle avec *Les Années d'apprentissage de Wihelm Meister* (1795-1796) de Goethe (écrivain allemand, 1749-1832). Il désigne un récit fictif qui a pour thème le cheminement évolutif d'un héros. Parfois, celui-ci découvre un domaine particulier dans lequel il fait ses armes, mais, de façon plus générale, il évolue simplement en se forgeant sa propre conception de la vie : il découvre les grands évènements de l'existence (l'amour, la mort, etc.) et murit au fil des leçons qu'il tire de ses expériences. *L'Éducation sentimentale* (1869) de Flaubert (écrivain français, 1821-1880) est un exemple de roman d'apprentissage.

LES RAPPORTS ENTRE PARENTS ET ENFANTS

Les relations entre parents et enfants évoluent dans ce tome. En effet, depuis *Les Yeux jaunes des crocodiles*, plus de deux ans se sont écoulés, et les enfants commencent à grandir et à voler de leurs propres ailes :

- Hortense fait ses études à Londres depuis un an et vit en colocation avec des garçons. Elle part ensuite à New York et décide d'y rester, ayant trouvé un travail et, dans les ultimes pages du roman, l'amour ;
- Zoé, qui est la petite sœur d'Hortense, devient une jeune femme. Sa relation avec Gaétan devient sérieuse, les problèmes que son petit copain doit surmonter la font murir. Elle reste pour autant toujours très proche et dépendante de sa mère à qui elle se confie beaucoup ;
- Gary commence à s'éloigner de sa mère pour tracer son propre chemin, rompant d'une certaine manière le lien fusionnel qu'il y avait entre eux auparavant ;
- Alexandre, tout comme Zoé, franchit une étape importante en faisant le deuil de sa mère. Jusqu'alors très solitaire, il commence à fréquenter des filles, notamment Annabelle dont il tombe amoureux ;
- Junior développe ses capacités intellectuelles et ses

connaissances beaucoup plus vite que celles d'un enfant ordinaire. À seulement 2 ans il est surdoué et renverse le rapport de force qu'il y a entre lui et sa mère, se refusant à agir normalement pour un enfant de son âge. Il brise ainsi les rêves de Josiane, qui aurait voulu éduquer elle-même son fils. Il est également capable de trouver des solutions aux problèmes des adultes, ce qu'il prouve en aidant sa mère à démasquer un complot mené contre l'entreprise de son père.

Il y a donc une évolution des rapports entre parents et enfants, notamment du côté de la mère qui doit lâcher prise sur une partie de son autorité et de la place qu'elle occupe dans le cœur de ses enfants. C'est essentiellement le cas d'Hortense, de Zoé et de Gary, dont les mères prennent conscience qu'ils grandissent et commencent à voler de leurs propres ailes :

> « – On a l'air malignes toutes les deux dans notre lit !
> – Deux bonnes sœurs fripées ! Va falloir t'y faire, ma belle, on est en train de passer les clés du désir à notre progéniture, on vieillit, on vieillit ! » (*ibid.*, p. 369-370)

Parallèlement à cette prise de conscience, les personnages de Joséphine et Hortense semblent se rapprocher. La mère devient moins naïve, prend plus de temps pour elle, tandis qu'Hortense commence à prendre en considération les réactions de son entourage : cette dernière hésite à partir avec Gary après l'inauguration de ses vitrines, de peur de froisser son ami Nicholas qu'elle attend et qui l'a aidée à mettre en œuvre son projet. Les deux personnages, très éloignés dans les volets précédents, semblent maintenant se comprendre, notamment quand Joséphine avoue à Hortense qu'elle ne pourra pas venir la retrouver à Londres pour la mise en place de ses vitrines :

> « – Je ne viendrai pas parce que j'ai enfin trouvé une idée de roman [...] si je pars je risque de la perdre à jamais...
> – Mais c'est formidable ! Je suis vachement heureuse pour toi ! Pourquoi tu ne me l'as pas dit tout de suite ?
> – J'avais peur de ta réaction... » *(ibid.*, p. 523-524)

Les écureuils de Central Park sont tristes le lundi s'applique à faire s'accomplir le destin de tous les personnages. Les intrigues parsemant jusqu'alors les trois romans sont résolues, notamment en ce qui concerne les relations amoureuses et l'avenir des personnages : Joséphine peut vivre sa relation avec Philippe après avoir pris confiance en elle, il en va de même pour Hortense et Gary qui ont également un avenir assuré dans la voie professionnelle qu'ils ont choisie. Les mystères de l'identité du père de Gary et du Petit Jeune Homme sont résolus et la famille Grobz vit désormais en paix, Marcel ayant accepté l'aide de Josiane et Junior pour poursuivre ses affaires. Par conséquent, ce roman boucle le long cheminement des personnages, explore leur intériorité, les fait évoluer et grandir.

PISTES DE RÉFLEXION

QUELQUES QUESTIONS POUR APPROFONDIR SA RÉFLEXION...

- Joséphine est ce qu'on appelle un antihéros. Expliquez ce que cela signifie. Connaissez-vous d'autres antihéros ?
- Au fil des trois romans, le personnage de Philippe évolue. D'homme d'affaires sensible à son apparence en société, il se consacre par la suite davantage à son fils et accorde de moins en moins d'importance à la réussite sociale. Comment expliquer cette évolution ? Qu'est-ce qui a changé en lui ?
- Établissez les portraits de Joséphine et d'Iris et commentez l'évolution de leur relation.
- Observez la phrase de Romain Gary (écrivain français, 1914-1980) citée sur la première page de *La Valse lente des tortues* : « C'est horrible de vivre une époque où au mot sentiment, on vous répond sentimentalisme. Il faudra bien pourtant qu'un jour vienne où l'affectivité sera reconnue comme le plus grand des sentiments et rejettera l'intellect dominateur. » À quel personnage du livre cette phrase se réfère-t-elle en particulier ?
- Pourquoi peut-on dire des œuvres de cette trilogie qu'il s'agit de romans d'apprentissage ? Comparez-les avec d'autres grands romans du même genre.
- Le titre de chacun des trois romans met en exergue un détail de l'histoire. Pouvez-vous expliquer à quoi chacun des titres fait allusion ?
- De la bouche de quel(s) personnage(s) pourrait sortir la citation de Bernard-Marie Koltès (auteur dramatique

français, 1948-1989) présentée en exergue de l'œuvre étudiée : « Il y a bien une vie que je finirai par vivre pour de bon, non ? » ? (p. 5)

- Dans *Les écureuils de Central Park sont tristes le lundi*, Katherine Pancol cite cette phrase de l'écrivain Colette (femme de lettres française, 1873-1954) à propos de Joséphine qui écrit son deuxième roman : « Écrire comme personne avec les mots de tout le monde. » Le style de Katherine Pancol est-il en phase avec cette citation ?
- Expliquez ce qui fait de ces romans des œuvres représentatives de la France contemporaine.
- Comment l'écriture « mosaïque » de Katherine Pancol pourrait-elle être traduite au cinéma ?

Votre avis nous intéresse !
Laissez un commentaire sur le site de votre librairie en ligne
et partagez vos coups de cœur sur les réseaux sociaux !

POUR ALLER PLUS LOIN

ÉDITIONS DE RÉFÉRENCE

- Pancol K., *Les écureuils de Central Park sont tristes le lundi*, Paris, Albin Michel, 2010.
- Pancol K., *Les écureuils de Central Park sont tristes le lundi*, Paris, Le Livre de Poche, 2011.

ÉTUDE DE RÉFÉRENCE

- *Katherine Pancol*, consulté le 22 décembre 2016, www.katherine-pancol.com

SUR LEPETITLITTÉRAIRE.FR

- Fiche de lecture portant sur *La Valse lente des tortues* de Katherine Pancol.
- Fiche de lecture portant sur *Les Yeux jaunes des crocodiles* de Katherine Pancol.

Retrouvez notre offre complète sur lePetitLittéraire.fr

- des fiches de lectures
- des commentaires littéraires
- des questionnaires de lecture
- des résumés

ANOUILH
- Antigone

AUSTEN
- Orgueil et Préjugés

BALZAC
- Eugénie Grandet
- Le Père Goriot
- Illusions perdues

BARJAVEL
- La Nuit des temps

BEAUMARCHAIS
- Le Mariage de Figaro

BECKETT
- En attendant Godot

BRETON
- Nadja

CAMUS
- La Peste
- Les Justes
- L'Étranger

CARRÈRE
- Limonov

CÉLINE
- Voyage au bout de la nuit

CERVANTÈS
- Don Quichotte de la Manche

CHATEAUBRIAND
- Mémoires d'outre-tombe

CHODERLOS DE LACLOS
- Les Liaisons dangereuses

CHRÉTIEN DE TROYES
- Yvain ou le Chevalier au lion

CHRISTIE
- Dix Petits Nègres

CLAUDEL
- La Petite Fille de Monsieur Linh
- Le Rapport de Brodeck

COELHO
- L'Alchimiste

CONAN DOYLE
- Le Chien des Baskerville

DAI SIJIE
- Balzac et la Petite Tailleuse chinoise

DE GAULLE
- Mémoires de guerre III. Le Salut. 1944-1946

DE VIGAN
- No et moi

DICKER
- La Vérité sur l'affaire Harry Quebert

DIDEROT
- Supplément au Voyage de Bougainville

DUMAS
- Les Trois Mousquetaires

ÉNARD
- Parlez-leur de batailles, de rois et d'éléphants

FERRARI
- Le Sermon sur la chute de Rome

FLAUBERT
- Madame Bovary

FRANK
- Journal d'Anne Frank

FRED VARGAS
- Pars vite et reviens tard

GARY
- La Vie devant soi

GAUDÉ
- La Mort du roi Tsongor
- Le Soleil des Scorta

GAUTIER
- La Morte amoureuse
- Le Capitaine Fracasse

GAVALDA
- 35 kilos d'espoir

GIDE
- Les Faux-Monnayeurs

GIONO
- Le Grand Troupeau
- Le Hussard sur le toit

GIRAUDOUX
- La guerre de Troie n'aura pas lieu

GOLDING
- Sa Majesté des Mouches

GRIMBERT
- Un secret

HEMINGWAY
- Le Vieil Homme et la Mer

HESSEL
- Indignez-vous !

HOMÈRE
- L'Odyssée

HUGO
- Le Dernier Jour d'un condamné
- Les Misérables
- Notre-Dame de Paris

HUXLEY
- Le Meilleur des mondes

IONESCO
- Rhinocéros
- La Cantatrice chauve

JARY
- Ubu roi

JENNI
- L'Art français de la guerre

JOFFO
- Un sac de billes

KAFKA
- La Métamorphose

KEROUAC
- Sur la route

KESSEL
- Le Lion

LARSSON
- Millenium 1. Les hommes qui n'aimaient pas les femmes

LE CLÉZIO
- Mondo

LEVI
- Si c'est un homme

LEVY
- Et si c'était vrai…

MAALOUF
- Léon l'Africain

MALRAUX
- La Condition humaine

MARIVAUX
- La Double Inconstance
- Le Jeu de l'amour et du hasard

MARTINEZ
- Du domaine des murmures

MAUPASSANT
- Boule de suif
- Le Horla
- Une vie

MAURIAC
- Le Nœud de vipères

MAURIAC
- Le Sagouin

MÉRIMÉE
- Tamango
- Colomba

MERLE
- La mort est mon métier

MOLIÈRE
- Le Misanthrope
- L'Avare
- Le Bourgeois gentilhomme

MONTAIGNE
- Essais

MORPURGO
- Le Roi Arthur

MUSSET
- Lorenzaccio

MUSSO
- Que serais-je sans toi ?

NOTHOMB
- Stupeur et Tremblements

ORWELL
- La Ferme des animaux
- 1984

PAGNOL
- La Gloire de mon père

PANCOL
- Les Yeux jaunes des crocodiles

PASCAL
- Pensées

PENNAC
- Au bonheur des ogres

POE
- La Chute de la maison Usher

PROUST
- Du côté de chez Swann

QUENEAU
- Zazie dans le métro

QUIGNARD
- Tous les matins du monde

RABELAIS
- Gargantua

RACINE
- Andromaque
- Britannicus
- Phèdre

ROUSSEAU
- Confessions

ROSTAND
- Cyrano de Bergerac

ROWLING
- Harry Potter à l'école des sorciers

SAINT-EXUPÉRY
- Le Petit Prince
- Vol de nuit

SARTRE
- Huis clos
- La Nausée
- Les Mouches

SCHLINK
- Le Liseur

SCHMITT
- La Part de l'autre
- Oscar et la
  Dame rose

SEPULVEDA
- Le Vieux qui
  lisait des romans
  d'amour

SHAKESPEARE
- Roméo et Juliette

SIMENON
- Le Chien jaune

STEEMAN
- L'Assassin
  habite au 21

STEINBECK
- Des souris et
  des hommes

STENDHAL
- Le Rouge et
  le Noir

STEVENSON
- L'Île au trésor

SÜSKIND
- Le Parfum

TOLSTOÏ
- Anna Karénine

TOURNIER
- Vendredi ou
  la Vie sauvage

TOUSSAINT
- Fuir

UHLMAN
- L'Ami retrouvé

VERNE
- Le Tour
  du monde
  en 80 jours
- Vingt mille
  lieues sous
  les mers
- Voyage au
  centre de
  la terre

VIAN
- L'Écume des jours

VOLTAIRE
- Candide

WELLS
- La Guerre des
  mondes

YOURCENAR
- Mémoires
  d'Hadrien

ZOLA
- Au bonheur
  des dames
- L'Assommoir
- Germinal

ZWEIG
- Le Joueur
  d'échecs

www.lepetitlitteraire.fr

ISBN version numérique : 978-2-8062-9265-0
ISBN version papier : 978-2-8062-9266-7
Dépôt légal : D/2016/12603/962

Avec la collaboration d'Apolline Boulanger pour l'étude des personnages de Joséphine, d'Hortense, de Zoé, du Petit Jeune Homme, de Becca, de Marcel, de Josiane, de Junior, de Chaval, de Denise Trompet et de Gary, ainsi que pour les chapitres « La symbolique des animaux dans les titres de la trilogie », « Un roman mosaïque » et « Les rapports entre parents et enfants ».

Conception numérique : Primento,
le partenaire numérique des éditeurs.

Ce titre a été réalisé avec le soutien de la Fédération Wallonie-Bruxelles, Service général des Lettres et du Livre.